LA SOUSCRIPTION

DE

CHAMBORD

Par P.-L. COURIER

PRIX : 15 CENTIMES.

BREST

Imprimerie J.-P. GADREAU, rue de la Rampe, 55.

1871

AVANT-PROPOS

Dans l'outrecuidant manifeste qu'il nous a lancé, en partant, l'aîné de la *Maison de France*, le Roi, dit qu'il va quitter le Chambord que nous lui avons donné et dont il est si fier de porter le nom. Qu'il tienne à grand honneur de porter le nom d'une résidence où ses ancêtres ont laissé de si nobles souvenirs, c'est son affaire, mais qu'il prétende que nous la lui avons donnée, c'est une autre question. Pour qu'il y ait don, il faut que la volonté du donateur soit libre, spontanée, qu'il n'y ait ni captation, ni violences, ni menaces, et tous ceux qui connaissent un tant soit peu l'histoire de la Restauration, savent à quoi s'en tenir à ce sujet. Le pamphlet que nous publions tranche d'ailleurs nettement la question, et montre, par quelles manœuvres, on réussit à extorquer à la France, à peine guérie des calamités d'une double invasion, les sommes que nécessitait l'acquisition de Chambord.

Quelqu'un, on ne sait qui, un grand parent sans doute, eut l'*heureuse* idée d'ouvrir une souscription *nationale* dont le but était d'acquérir la terre de Chambord, mise en vente par les héritiers du fameux Berthier, son dernier propriétaire, et de la donner au duc de Bordeaux, à peine âgé de quelques mois. Le Ministre de l'Intérieur se chargea d'exploiter cette heureuse idée ; on demanda de l'argent aux communes, comme on leur demande les impôts, et elles en donnèrent avec cette docilité habituelle qu'on ne rougit pas d'appeler enthousiasme. Une telle souscription, dans des circonstances aussi critiques, était une insulte au sens moral ; des protestations s'élevèrent de toutes parts, et Courier se faisant l'interprète de l'indignation générale, lança le foudroyant pamphlet qui, sous le nom de *Simple Discours*, cloua au pilori de l'histoire la souscription et ses promoteurs.

Ce pamphlet est un des plus précieux bijoux, le plus brillant peut-être, de cet écrin pourtant si riche, que nous a légué Courier; il est écrit, d'un bout à l'autre, dans ce style inimitable dont le vigneron de Véretz, l'ancien canonnier à cheval, avait seul le secret. Jamais, ni avant lui, ni après lui, personne n'a flétri, avec une verve plus vigoureuse, plus éloquente, plus spirituelle, plus gauloise, et en même temps avec plus d'atticisme, les vices des courtisans, leur cupidité, leur rapacité, leurs turpitudes et la profonde immoralité de cet ancien régime qu'on voudrait encore restaurer aujourd'hui.

Mais, *habent sua fata libelli...* la cour et les courtisans se fachèrent, le pamphlet fut déféré à dame Justice, toujours disposée à sévir contre les *foliculaires,* et Courier fut condamné à deux mois de prison pour avoir *outragé la morale* ! ! C'est un peu fort, mais les Jurés d'alors n'y regardaient pas de si près. Cette absurde condamnation eut un résultat facile à prévoir ; le *Simple Discours* eut une vogue immense, et la réputation de Courier grandit de cent coudées. Il rendit compte de son procès dans deux brochures, dont chacune est un vrai chef-d'œuvre, et qui achevèrent de mettre les rieurs de son côté, en même temps qu'elles rendaient plus cuisantes, plus inguérissables, les blessures qu'avait faites le *Simple Discours*.

Cinquante années se sont écoulées depuis la publication de ce pamphlet, et pourtant il n'a pas vieilli ; c'est que, pour nous servir des propres expressions d'un biographe anonyme, « le *Simple Discours* est un des plus éloquents plaidoyers qu'on ait parlés jamais en faveur de la morale, non pas publique et telle qu'on l'inscrit dans nos lois, mais de la morale véritable telle que les croyances populaires l'ont reconnue. » Le lecteur, nous n'en doutons pas, ratifiéra ce jugement, et nous saura gré d'avoir remis en lumière, un écrit où l'on rencontre, à chaque ligne, la saine morale, l'amour de la Patrie et de la Liberté, et une haine implacable pour le vieux régime et pour ces courtisans lépreux qui grouillent autour des trônes.

12 Juillet 1871.

SAILLET.

SIMPLE DISCOURS

DE

PAUL-LOUIS

Vigneron de la Chavonnière

Aux Membres de la commune de Véretz

(DÉPARTEMENT D'INDRE-ET-LOIRE)

*A l'occasion d'une souscription proposée par S. Exc.
le Ministre de l'Intérieur*

Pour l'acquisition de Chambord (1821)

––––––––

Si nous avions de l'argent à n'en savoir que faire, toutes nos dettes payées, nos chemins réparés, nos pauvres soulagés, notre église d'abord (car Dieu passe avant tout) pavée, recouverte et vitrée, s'il nous restait quelque somme à pouvoir dépenser hors de cette commune, je crois, mes amis, qu'il faudrait contribuer, avec nos voisins, à refaire le pont de Saint-Avertin, qui, nous abrégeant d'une grande lieue le transport d'ici à Tours, par le prompt débit de nos denrées, augmenterait le prix et le produit des terres dans tous ces environs ; c'est là, je crois, le meilleur emploi à faire de notre superflu, lorsque nous en aurons. Mais d'acheter Chambord pour le duc de Bordeaux, je n'en suis pas d'avis et ne le voudrais pas, quand nous aurions de quoi, l'affaire étant, selon moi, mauvaise pour lui, pour nous et pour Chambord. Vous l'allez comprendre, j'espère, si vous m'écoutez ; il est fête, et nous avons le temps de causer.

Douze mille arpents de terre enclos que contient le parc de Chambord, c'est un joli cadeau à faire à qui les saurait labourer. Vous et moi connaissons des gens qui n'en seraient pas embarrassés, à qui cela viendrait fort bien ; mais lui, que voulez-vous qu'il en fasse? Son métier c'est de régner un jour, s'il plaît à Dieu, et un château de plus ne l'aidera de rien. Nous allons nous gêner et augmenter nos dettes, remettre à d'autres temps nos dépenses pressées, pour lui donner une chose dont il n'a pas besoin, qui ne lui peut servir et servirait à d'autres. Ce qu'il lui faut pour régner. ce ne sont pas des châteaux, c'est notre affection, car il n'est sans cela couronne qui ne pèse. Voilà le bien dont il a besoin et qu'il ne peut avoir en même temps que notre argent. Assez de gens là-bas lui diront le contraire, nos députés tout les premiers, et sa cour lui répétera que plus nous payons, plus nous sommes sujets amoureux et fidèles ; que notre dévouement croît avec le budget. Mais, s'il en veut savoir le vrai, qu'il vienne ici, et il verra, sur ce point-là et sur bien d'autres, nos sentiments fort différents de ceux des courtisans. Ils aiment le prince en raison de ce qu'on leur donne ; nous, en raison de ce qu'on nous laisse ; ils veulent Chambord pour en être, l'un gouverneur, l'autre concierge, bien gagés, bien logés, bien nourris, sans faire œuvre, et peu leur importe du reste. L'affaire sera toujours bonne pour eux, quand elle serait mauvaise pour le prince, comme elle l'est, je le soutiens ; acquérant de nos deniers pour un million de terres, il perd pour cent millions de notre amitié : Chambord, ainsi payé lui coûtera trop cher ; de telles acquisitions le ruineraient bientôt, s'il est vrai ce qu'on dit, que les rois ne sont riches que de l'amour des peuples. Le marché paraît d'or pour lui, car nous donnons et il reçoit : il n'a que la peine de prendre ; mais lui, sans débourser de fait, y met beaucoup du sien et trop, s'il diminue son capital dans le cœur de ses sujets : c'est spéculer fort mal et se faire grand tort. Qui le conseille ainsi n'est pas de ses amis, ou, comme dit l'autre, mieux vaudrait un sage ennemi.

Mais quoi ! je vous le dis, ce sont des gens de cour

dont l'imagination enfante chaque jour en merveilleux conseils ; ils ont plus tôt inventé cela que le semoir Fallemberg, ou bien le bate au à vapeur. On a eu l'idée, dit le ministre, de faire acheter Chambord par les communes de France, pour le duc de Bordeaux. On a eu cette pensée ! qui donc ? Est-ce le ministre ? Il ne s'en cacherait pas, ne se contenterait pas de l'honneur d'approuver en pareille occasion. Le prince ? à Dieu ne plaise que sa première idée ait été celle-là, que cette envie lui soit venue avant celle des bonbons et des petits moulins ! Les communes donc apparemment ? non pas les nôtres, que je sache, de ce côté-ci de la Loire, mais celles-là peut-être qui ont logé deux fois les cosaques du Don Ici nous nous sentons assez des bienfaits de la Sainte-Alliance : mais c'est tout autre chose là où on a joui de sa présence, possédé Sacken et Platow ; là naturellement on s'avise d'acheter des châteaux pour les princes, et puis on songe à refaire son toit et ses foyers.

Du temps du bon roi Henri IV, le roi du peuple, le seul roi dont il ait gardé la mémoire, pareils dons furent offerts à son fils nouveau-né ; on eut l'idée de faire contribuer toutes les communes de France en l'honneur du royal enfant, et, de la seule ville de La Rochelle, des députés vinrent apportant cent mille écus en or, somme énorme alors. Mais le roi : « C'est trop mes amis, leur dit-il, c'est trop pour de la bouillie ; gardez cela et l'employez à rebâtir chez vous ce que la guerre a détruit, et n'écoutez jamais ceux qui vous parleront de me faire des présents, car tels gens ne sont vos amis ni les miens. » Ainsi pensait ce roi, protecteur déclaré de la petite propriété, qui, toute sa vie, fut brouillé avec les puissances étrangères, et qui faisait couper la tête aux courtisans, aux favoris quand il les surprenait à faire des notes secrètes.

Ceci soit dit, et revenant à l'idée d'acheter Chambord, avouons-le, ce n'est pas nous, pauvres gens de village, que le ciel favorise de ces inspirations ; mais qu'importe, après tout ? Un homme s'est rencontré dans les hautes classes de la société, doué d'assez d'esprit pour avoir cette heureuse idée : que ce soit un courtisan fi-

dèle, jadis pensionnaire de Fouché, ou un gentil-
homme de Bonaparte employé à la garde-robe, c'est
la même chose pour nous qui ne saurions avoir jamais
d'autre mérite que celui de payer. Laissons aux gens
de cour, en fait de flatterie, l'honneur des inventions,
et, nous, exécutons : les frais seuls nous regardent ; il
saura bien se nommer l'auteur de celle-ci, demander
son brevet ; et nous suffise à nous, habitants de Véretz,
qu'il ne soit pas du pays.

Elle est nouvelle assurément l'idée que le ministre
admire et nous charge d'exécuter. On avait vu de tels
dons payer de grands services, des actions éclatantes ;
Eugène, Malborough, à la fin d'une vie toute pleine
de gloire, obtinrent des nations qu'ils avaient su défen-
dre ces témoignages de la reconnaissance publique ; et
Chambord même (sans chercher si loin des exemples),
qu'on veut donner au prince pour sa layette, fût au
comte de Saxe, le prix d'une victoire qui sauva la
France à Fontenoy. La France, par lui libre, je veux
dire indépendante, délivrée de l'étranger, au-dedans
florissante, respectée au-dehors, fit présent de cette terre
à son libérateur, qui s'y vint reposer de trente ans de
combats. Monseigneur n'a encore que six mois de nour-
rice, et, il faut en convenir, de Maurice vainqueur au
prince à la bavette, il y a quelque différence, à moins
qu'on ne veuille dire peut-être que, commençant sa
vie où l'autre a fini la sienne, il finira par où Maurice
a commencé, par nous débarrasser des puissances étrangères. Je le souhaite et l'espère du sang de ce Henri
qui chassa l'Espagne de France : mais le payer déjà,
je crois que c'est folie, et n'approuve aucunement qu'il
ait ses invalides avant de sortir du maillot. Récom-
penser l'enfant d'être venu au monde comme le capitaine
qui gagna des batailles, et par d'heureux exploits, ac-
quit à ce pays et la paix et la gloire, c'est ce qu'on
n'a point vu, c'est là l'idée nouvelle, qui ne nous fût
pas venue sans l'avis officiel. Pour inventer cela, et
mettre à la place des hulans du comte de Saxe les dames
du berceau, il faut avoir, non pas l'esprit, mais le génie
de l'adulation, qui ne se trouve que là où ce genre d'industrie est puissamment encouragé ; ce trait sort des

bassesses communes, et met son auteur, quel qu'il soit, hors du gros des flatteurs de cour. Il se moque fort apparemment de ses camarades qui, marchant dans la route battue des vieilles flagorneries usées, ne savent rien imaginer ; on va l'imiter maintenant jusqu'à ce qu'une autre aille au-delà.

Quand le gouverneur d'un roi-enfant dit à son élève jadis : Maître, tout est à vous ; ce peuple vous appartient, corps et bien, bêtes et gens ; faites-en ce que vous voudrez ; cela fut remarqué. La chambre, l'anti-chambre et la galerie répétèrent : Maître tout est à vous, qui, dans la langue des courtisans, voulait dire tout est pour nous : car la cour donne tout aux princes, comme les prêtres tout à Dieu ; et ces domaines, ces apanages, ces listes civiles, ces budgets ne sont guère autrement pour le roi que le revenu des abbayes n'est pour Jésus-Christ. Achetez, donnez Chambord, c'est la cour qui le mangera ; le prince n'en sera ni pis ni mieux. Aussi ces belles idées de nous faire contribuer en tant de façons, viennent toujours des gens de cour, qui savent très-bien ce qu'ils font en offrant au prince notre argent. L'offrande n'est jamais pour le saint, ni nos épargnes pour les rois, mais pour cet essaim dévorant qui sans cesse bourdonne autour d'eux, depuis leur berceau jusqu'à Saint-Denis.

Car, après la leçon du sage gouverneur, au temps dont je vous ai parlé, bon temps, comme vous savez, les princes ayant appris une fois et compris que tout était à eux, on leur enseignait à donner ; un précepteur, abbé de cour, en lisant avec eux l'histoire, leur faisait admirer cet empereur Titus qui, dit-on, donnait à toutes mains, croyant perdu le jour qu'il n'avait rien donné, *qu'on n'alla jamais voir sans revenir heureux,* avec une pension, quelque gratification ou des coupons de rente ; prince adoré de tout ce qui avait les grandes entrées ou qui montait dans les carrosses. La cour l'idolâtrait ; mais le peuple ? le peuple ? il n'y en avait pas : l'histoire n'en dit mot. Il n'y avait alors que les honnêtes gens, c'est-à-dire les gens présentés : c'était là le monde, tout le monde, et le monde était heureux. Faites ainsi, mon maître, vous serez adoré comme ce bon empereur ; la cour vous bénira ; les poètes vous loueront, et la postérité en croira les poètes. Voilà les éléments d'histoire qu'on enseignait alors aux princes. Peu de mention d'ailleurs de ces rois, tels que Louis XII et Henri IV, en leur temps maudits de la cour pour n'avoir su donner comme d'autres faisaient si généreusement, si magnifiquement, avec choix néanmoins. Donner au riche, aider le fort, c'est la maxime du bon temps, de ce bon temps qui va revenir tout à l'heure sans aucun doute, à moins que jeunesse ne grandisse et vieillesse ne périsse.

Mais la jeunesse croît chez nous, et voit croître avec elle ses princes ; je dis avec elle, et je m'entends. Nos enfants, plus heureux que nous, vont connaître leurs princes élevés avec eux, et en seront connus. Déjà voilà le fils aîné du duc d'Orléans, je sais cela de bonne part et vous le garantis plus sûr que si les gazettes le disaient, voilà le duc de Chartres au collége, à Paris. Chose assez simple, direz-vous, s'il est en âge d'étudier : simple sans doute, mais, nouvelle pour les personnes de ce rang. On n'a point encore vu de prince au collége ; celui-ci, depuis qu'il y a des colléges et des princes, est le premier qu'on ait élevé de la sorte, et qui profite du bienfait de l'instruction publique et commune : et, de tant de nouveautés écloses de nos jours, ce n'est pas la moins faite pour surprendre. Un prince étudier, aller en classe ! un prince avoir des camarades ! Les princes jusqu'ici ont eu des serviteurs, et jamais d'autre école que celle de l'adversité, dont les rudes leçons étaient perdues souvent. Isolés à tout âge, loin de toute vérité, ignorant les choses et les hommes, ils naissaient, ils mouraient dans les liens de l'étiquette et du cérémonial, n'ayant vu que le fard et les fausses couleurs étalées devant eux ; ils marchaient sur nos têtes, et ne nous apercevaient que quand par hasard ils tombaient. Aujourd'hui, connaissant l'erreur qui les séparait des nations, comme si la clef d'une voûte, pour user de cette comparaison, pouvait en être dehors et ne tenir à rien, ils veulent voir des hommes, savoir ce que l'on sait, et n'avoir plus besoin des malheurs pour s'instruire ; tardive résolution, qui, plus tôt prise, leur eût épargné combien de fautes, et à nous combien de maux ! Le duc de Chartres au collége, élevé chrétiennement et monarchiquement, mais je pense, un peu aussi constitutionnellement, aura bientôt appris ce qu'à notre grand dommage ignoraient ses aïeux, et ce n'est pas le latin que je veux dire, mais ces simples notions de vérités communes que la cour tait aux princes, et qui les garderaient de faillir à nos dépens. Jamais de dragonnades ni de Saint-Barthélemy, quand les rois, élevés au milieu de leurs peuples, parleront la même langue, s'entendront avec eux sans truchement ni intermédiaires ; de jacqueries non plus, de ligues, de barricades. L'exemple ainsi donné par le jeune duc de Chartres aux héritiers des trônes, ils en profiteront. Exemple heureux autant que nouveau ! Que de changements il a fallu, que de bouleversements dans le monde pour amener là cet enfant ! Et que dirait le grand roi, le roi des honnêtes gens, Louis-le-Superbe, qui ne put souffrir confondus avec la noblesse du royaume ses bâtards même, ses bâtards ! tant il redoutait d'avilir la moindre parcelle de son sang ! Que dirait ce parangon de l'orgueil monarchique, · s'il voyait aux écoles, avec tous les enfants de la race sujette, un de ses arrière-neveux, sans pages ni jésuites, suivre des exercices et disputer des prix ; tantôt vainqueur, tantôt vaincu ; jamais, dit-on, favorisé ni flatté en aucune sorte, chose admirable au collége même (car où n'entre pas cette peste de l'éducation ?), croyable pourtant, si l'on pense que la publicité des cours rend l'injustice difficile, qu'entre eux les écoliers usent peu de complaisance, peu volontiers cèdent l'honneur, non encore exercés aux feintes qu'ailleurs on nomme déférences, égards, ménagements, et qu'a produits l'horreur du vrai ? Là, au contraire, tout se dit, toutes choses ont leur vrai nom pour tous ; là tout est matière d'instruction, et les meilleures leçons ne sont pas celles des maîtres. Point d'abbé Dubois, point de menins : personne qui dise au jeune prince : tout est à vous, vous pouvez tout ; il est l'heure que vous voulez. En un mot, c'est le bruit commun qu'on élève là le duc de Chartres comme tous les enfants de son âge ; nulle distinction, nulle différence, et les fils de banquiers, de juges, de négociants, n'ont aucun avantage sur lui; mais il en aura lui beaucoup, sorti de là, sur tous ceux qui n'auront pas reçu cette éducation. Il n'est, vous le savez, meilleure éducation que celle des écoles publiques, ni pire que celle de la cour. Ah! si, au lieu de Chambord pour le duc de Bordeaux, on nous parlait de payer sa pension au collège (et plût à Dieu qu'il fût en âge, que je l'y puisse voir de mes yeux), s'il était question de cela, de bon cœur j'y consentirais et voterais ce qu'on voudrait, dût-il m'en coûter ma meilleure coupe de sainfoin : il ne nous faudrait pas plaindre cette dépense ; il y va de tout pour nous. Un roi ainsi élevé, ne nous regarderait pas comme sa propriété, jamais ne penserait à nous tenir à cheptel de Dieu ni d'aucune puissance.

Mais à Chambord qu'apprendra-t-il ? Ce que peuvent enseigner ce Chambord et la cour. Là, tout est plein de ses aïeux. Pour cela précisément je ne l'y trouve pas bien, et j'aimerais mieux qu'il vécût avec nous qu'avec ses ancêtres. Là, il verra partout les chiffres d'une Diane, d'une Châteaubriand, dont les noms souillent encore ces parois infectés jadis de leur présence. Les interprètes, pour expliquer de pareils emblèmes, ne lui manqueront pas, on peut le croire ; et quelles instructions pour un adolescent destiné à régner ! Ici, Louis, le modèle des rois, vivait (c'est le mot à la cour) avec la femme Montespan, avec la fille La Vallière, avec toutes les femmes et les filles que son bon plaisir fut d'ôter à leurs maris, à leurs parents. C'était le temps alors des mœurs, de la religion ; et il communiait tous les jours. Par cette porte entrait sa maîtresse le soir, et le matin son confesseur. Là, Henri faisait pénitence entre ses mignons et ses moines ; mœurs et religion du bon temps ! Voici l'endroit où vint une fille éplorée demander la vie de son père et l'obtint (à quel prix !) de François, qui là mourut de ses bonnes mœurs. En cette chambre, un autre Louis... en celle-ci, Philippe... sa fille... ô mœurs ! ô religion ! perdues depuis que chacun travaille et vit avec ses enfants. Chevalerie, ca-goterie, qu'êtes-vous devenues ? Que de souvenirs à conserver dans ce monument, où tout respire l'innocence des temps monarchiques! Et quel dommage c'eût été d'abandonner à l'industrie ce temple des vieilles mœurs, de la vieille galanterie (autre mot de la cour, qui ne se peut honnêtement traduire), de laisser s'établir des familles laborieuses et d'ignobles ménages sous ces lambris, témoins de tant d'augustes débauches! Voilà ce que dira Chambord au jeune prince, logé là d'ailleurs comme l'était le roi François Ier, et comme aucun de nous ne voudrait l'être. Dieu préserve tout honnête homme de jamais habiter une maison bâtie par le *Primaticcio*! Les demeures de nos pères ne nous conviennent non plus aujourd'hui que leurs lois ; et, comme nous valons mieux qu'eux, à tous égards, sans nous vanter trop, ce me semble, et à n'en juger seulement que par la conduite des princes, qui n'étaient pas, je crois, pires que leurs sujets ; vivant mieux de toute manière, nous voulons être et sommes en effet mieux logés.

Que si l'acquisition de Chambord ne vaut rien pour celui à qui on le donne, je vous laisse à penser pour nous qui le payons. J'y vois plus d'un mal, dont le moindre n'est pas le voisinage de la cour. La cour, à six lieues de nous, ne me plaît point. Rendons aux grands ce qui leur est dû ; mais tenons-nous-en le plus loin que nous pourrons, et, ne nous approchant jamais d'eux, tâchons qu'ils ne s'approchent point de nous, parce qu'ils peuvent nous faire du mal, et ne nous sauraient faire de bien. A la cour tout est grand, jusqu'aux marmitons. Ce ne sont là que grands officiers, grands seigneurs, grands propriétaires. Ces gens, qui ne peuvent souffrir qu'on dise mon champ, ma maison ; qui veulent que tout soit terre, parc, château, et tout le monde seigneurs ou laquais, ou mendiants ; ces gens ne sont pas tous à la cour. Nous en avons ici, et même c'est de ceux-là qu'on fait nos députés ; à la cour, il n'y a point d'autres. Vous savez de quel air ils nous traitent, et le bon voisinage que c'est. Jeunes, ils chassent à travers nos blés avec leurs chiens et leurs chevaux, ouvrent nos haies, gâtent nos fossés, nous font mille maux, mille sottises ; et plaignez-vous un peu, adressez-vous au maire, ayez recours, pour voir, aux juges, au préfet, puis vous m'en direz des nouvelles quand vous serez sorti de prison. Vieux, c'est encore pis ; ils nous plaident, nous dépouillent, nous ruinent juridiquement, par arrêt de *messieurs* qui dînent avec eux, honnêtes gens comme eux, incapables de manger viande le vendredi ou de manquer la messe le dimanche ; qui, leur adjugeant votre bien, pensent faire œuvre méritoire et recomposer l'ancien régime. Or, dites, si un seul près de vous de ces honnêtes éligibles suffit pour vous faire enrager et souvent quitter le pays, que sera-ce d'une cour à Chambord, lorsque vous aurez là tous les grands réunis autour d'un plus grand qu'eux. Croyez-moi, mes amis, quelque part que vous alliez, quelque affaire que vous ayez, ne passez point par là ; détournez-vous plutôt, prenez un autre chemin, car, en marchant, s'il vous arrive d'éveiller un lièvre, je vous plains. Voilà les gardes qui accourent. Chez les princes, tout est gardé ; autour d'eux, au loin et au large, rien ne dort qu'au bruit des tambours et à l'ombre des baïonnettes : vedettes, sentinelles, observent, font le guet, infanterie, cavalerie, artillerie en bataille, rondes, patrouilles, jour et nuit ; armée terrible à tout ce qui n'est pas étranger. Le voilà : Qui vive ? Wellington ; ou bien laissez-vous prendre et mener en prison. Heureux si on ne trouve dans vos poches un pétard ! Ce sont là, mes amis, quelques inconvénients du voisinage des grands. Y passer est fâcheux ; y demeurer est impossible, à qui du moins ne veut être ni valet ni mendiant.

Vous seriez bientôt l'un et l'autre. Habitant près d'eux, vous feriez comme tous ceux qui les entourent. Là, tout le monde sert ou veut servir. L'un présente la serviette, l'autre le vase à boire. Chacun reçoit ou demande salaire, tend la main, se recommande, supplée. Mendier n'est pas honte à la cour ; c'est toute la vie du courtisan. Dès l'enfance, appris à cela, voué à cet état par honneur, il s'en acquitte bien autrement que ceux qui mendient par paresse ou par nécessité. Il y apporte un soin, un art, une patience, une persévérance, et aussi des avances, une mise de fonds ; c'est tout, en tout, genre d'industrie. Gueux à la besace, que peut-on faire ? Le courtisan mendie en carrosse à six chevaux, et attrape plus tôt un million que l'autre un morceau de pain noir. Actif, infatigable, il ne s'endort jamais ; il veille la nuit et le jour, guette le temps de demander, comme vous celui de semer, et mieux. Aucun refus, aucun mauvais succès ne lui fait perdre courage. Si nous mettions dans nos travaux la moitié de cette constance, nos greniers chaque année rompraient. Il n'est affront, dédain, outrage ni mépris qui le puissent rebuter. Econduit, il insiste ; repoussé, il tient bon : qu'on le chasse, il revient : qu'on le batte, il se couche à terre. *Frappe, mais écoute* et donne. Du reste, prêt à tout. On est encore à inventer un service assez vil, une action assez lâche, pour que l'homme de cour, je ne dis pas s'y refuse, chose inouïe, impossible, mais n'en fasse pas gloire et preuve de dévouement. Le dévouement est grand à la personne d'un maître ; c'est à la personne qu'on se dévoue, au corps, au contenu du pourpoint, et même quelquefois à certaines parties de la personne, ce qui a lieu surtout quand les princes sont jeunes.

La vertu semble avoir des bornes. Cette grande hauteur, qu'ont atteintes certaines âmes, paraît en quelque sorte mesurée. Caton et Washington montrent où peut s'élever le plus beau, le plus noble de tous les sentiments, c'est l'amour du pays et de la liberté. Au-dessus on ne voit rien. Mais le dernier degré de bassesse n'est pas connu ; et ne me citez point ceux qui proposent d'acheter des châteaux pour les princes, d'ajouter à leur garde une nouvelle garde ; car on ira plus bas, et eux-mêmes demain vont trouver d'autres inventions qui feront oublier celles-là.

Vous, quand vous aurez vu les riches demander, chacun recevoir des aumônes proportionnées à sa fortune, tous les honnêtes gens abhorrer le travail et ne fuir rien tant que d'être soupçonnés de la moindre relation avec quiconque a jamais pu faire quelque chose en sa vie, vous rougirez de la charrue, vous renierez la terre votre mère et l'abandonnerez, ou vos fils vous abandonneront, s'en iront valets de valets à la cour, et vos filles, pour avoir seulement ouï parler de ce qui s'y passe, n'en vaudront guère mieux au logis.

Car, imaginez ce que c'est. La cour... il n'y a ici ni

femmes ni enfants. Ecoutez : la cour est un lieu honnète, si l'on veut, cependant bien étrange. De celle d'aujourd'hui, j'en sais peu de nouvelles ; mais je connais, et qui ne connaît celle du grand Louis XIV, le modèle de toutes, la cour par excellence, dont il nous reste tant de mémoires, qu'à présent on n'ignore rien de ce qui s'y fit jour par jour ? C'est quelque chose de merveilleux ; par exemple, leur façon de vivre avec les femmes... Je ne sais trop comment vous dire. On se prenait, on se quittait, ou, se convenant, on s'arrangeait. Les femmes n'étaient pas toutes communes à tous ; ils ne vivaient pas pêle-mêle. Chacun avait la sienne, et même ils se mariaient. Cela est hors de doute. Ainsi je trouve qu'un jour, dans le salon d'une princesse, deux femmes au jeu s'étant piquées, comme il arrive, l'une dit à l'autre : Bon Dieu, que d'argent vous jouez ! Combien donc vous donnent vos amants ? Autant, répartit celle-ci sans s'émouvoir, autant que vous donnez aux vôtres. Et la chronique ajoute : les maris étaient là. Elles étaient mariées ; ce qui s'explique peut-être en disant que chacune était la femme d'un homme, et la maîtresse de tous. Il y a de pareils traits une foule. Ce roi eut un ministre, entre autres, qui, aimant fort les femmes, les voulut avoir toutes ; j'entends celles de la cour qui en valaient la peine : il paya, et les eut. Il lui en coûta. Quelques-unes se mirent à haut prix, connaissant sa manie. Mais enfin il les eut toutes comme il voulut. Tant que, voulant aussi avoir celle du roi, c'est-à-dire sa maîtresse d'alors, il la fit marchander, dont le roi se fâcha et le mit en prison. S'il fit bien, c'est un point que je laisse à juger ; mais on en murmura. Les courtisans se plaignirent. Le roi veut, disaient-ils, entretenir nos femmes, c...... avec nos sœurs, et nous interdire ses......; je ne vous dis pas le mot, mais ceci est historique, et, si j'avais mes livres, je vous le ferais lire. Voilà ce qui fut dit, et prouve qu'il y avait du moins quelque espèce de communauté, nonobstant les mariages et autres arrangements.

Une telle vie, mes amis, nous paraît impossible à croire. Vous ne vous imaginez pas que, dans de pareils désordres, une famille, une maison subsistent, encore moins qu'il y eût jamais un lieu où tout le monde se conduisît de la sorte. Mais quoi? ce sont des faits, et m'est avis aussi que vous raisonnez mal. Vos maisons périraient, dites-vous, si les choses s'y passaient ainsi. Je le crois. Chez vous on vit de travail, d'économie; mais à la Cour on vit de faveur. Chez vous, l'industrie du mari amène tous les biens à la maison, où la femme dispose, ordonne, règle chaque chose. Dans le ménage de Cour, au contraire, la femme au dehors s'évertue. C'est elle qui fait les bonnes affaires. Il lui faut des liaisons, des rapports, des amis, beaucoup d'amis. Sachez qu'il n'y a pas en France une seule famille noble, mais je dis noble de race et d'antique origine, qui ne doive sa fortune aux femmes; vous m'entendez. Les femmes ont fait les grandes maisons; ce n'est pas, vous le croyez bien, en cousant les chemises de leurs époux ni en allaitant leurs enfants. Ce que nous appelons, nous autres, honnête femme, mère de famille, à quoi nous attachons de prix, trésor pour nous, serait la ruine d'un courtisan. Que voudriez-vous qu'il fît d'une dame *Honesta*, sans amants, sans intrigues, qui, sous prétexte de vertu, claquemurée dans son ménage, s'attacherait à son mari! Le pauvre homme verrait pleuvoir des grâces autour de lui, et n'attraperait jamais rien. De la fortune des familles nobles il en paraît bien d'autres causes, telles que le pillage, les concussions, l'assassinat, les proscriptions, et surtout les confiscations. Mais qu'on y regarde, et on verra qu'aucun de ces moyens n'eût pu être mis en œuvre sans la faveur d'un grand, obtenue par quelque femme. Car, pour piller, il faut avoir commandements, gouvernements, qui ne s'obtiennent que par les femmes.

Ce n'était pas tout d'assassiner Jacques Cœur ou le maréchal d'Ancre, il fallait, pour avoir leurs biens, le bon plaisir, l'agrément du roi, c'est-à-dire des femmes qui gouvernaient alors le roi ou son ministre. Les dépouilles des Huguenots, des frondeurs, des traitants, autres faveurs, bienfaits qui coulaient, se répandaient par les mêmes canaux aussi purs que la source. Bref, comme il n'est, ne fut, ni ne sera jamais, pour nous autres vilains, qu'un moyen de fortune, c'est le travail:

pour la noblesse non plus il n'y en a qu'un, et c'est.....
c'est la prostitution, puisqu'il faut, mes amis, l'appeler
par son nom. Le vilain s'en aide parfois, quand il se
fait homme de cour, mais non avec tant de succès.

C'en est assez sur cette matière, et trop peut-être. Ne
dites mot de tout cela dans vos familles ; ce ne sont pas
des contes à faire à la veillée, devant vos enfants. Histoire de cour et de courtisans, mauvais récits pour la
jeunesse, qui ne doit pas de nous apprendre jusqu'à
quel point on peut mal vivre, ni même soupçonner au
monde de pareilles mœurs.

Voilà pourquoi je redoute une cour à Chambord.
Qu'une fois ils entendent parler de cette honnête vie et
d'un lieu, non loin d'ici, où l'on gagne gros à se di-
vertir et à ne rien faire, où, pour être riche à jamais,
il ne faut que plaire un moment, chose que chacun
croit facile, en n'épargnant aucun moyen ; à ces nouvelles, je vous demande qui les pourra tenir qu'ils
n'aillent d'abord voir ce que c'est ; ce, l'ayant vu, adieu
parents, adieu le champ qui paie si mal un labeur sans
fin, rendant quelques gerbes au bout de l'an pour tant
de fatigues, de sueurs. On veut chaque mois toucher
des gages, et non s'attendre à des moissons ; on veut
servir, non travailler. De là, mes amis, tout ce qui
engendre l'oisiveté, plus féconde encore quand elle est
compagne de la servitude. La Cour, centre de corrup-
tion, étend partout son influence ; il n'est nul qui ne
s'en ressente, selon les distances où il se trouve. Les
plus gâtés sont les plus proches ; et nous, que la
bonté du ciel fit naître à cent lieues de cette fange,
nous irions payer pour l'avoir à notre porte ! à Dieu
ne plaise.

C'est ce que me disait un bonhomme du pays de
Chambord même, que je vis dernièrement à Blois ; car,
comme je lui demandai ce qu'on pensait chez lui de
cette affaire, et que désiraient les habitants : « Nous
voudrions bien, me dit-il, avoir le Prince, mais non la
Cour. Les princes, en général, sont bons, et, n'était ce
qui les entoure, il y aurait plaisir à demeurer près
d'eux ; ce seraient les voisins du monde les meilleurs :
charitables, humains, secourables à tous, exempt des

vices et des passions que produit l'envie de parvenir, comme ils n'ont point de fortune à faire. J'entends les princes qui sont nés princes ; quant aux autres, sans eux eût-on jamais deviné jusqu'où peut aller l'insolence ? Nous en pouvons parler, habitants de Chambord. Mais ces princes enfin, quels qu'ils soient, d'ancienne ou de nouvelle date, par la grâce de Dieu ou de quelqu'un, affables ou brutaux, nous ne les voyons guère ; nous voyons leurs valets, gentilhommes ou vilains, les uns pires que les autres ; leurs carosses qui nous écrasent, et leur gibier qui nous dévore. De tout temps le gibier nous fit la guerre. Une seule fois il fut vaincu, en mil sept cent quatre-vingt-neuf : nous les mangeâmes à notre tour. Maîtres alors de nos héritages, nous commencions à semer pour nous, quand le héros parut, et fit venir d'Allemagne des parents ou alliés de nos ennemis morts dans la campagne de quatre-vingt-neuf. Vingt couples de cerfs arrivèrent, destinés à repeupler les bois, et ravager les champs pour le plaisir d'un homme, et la guerre ainsi rallumée continue. Depuis lors, nous sommes sur le qui-vive, menacés chaque jour d'une nouvelle invasion de bêtes fauves, ayant à leur tête Marcellus ou Marcassus. Paris en saura des nouvelles, et devrait y penser au moins autant que nous. Paris fut bloqué huit cents ans par les bêtes fauves, et sa banlieue si riche, si féconde aujourd'hui, ne produisait pas de quoi nourrir les gardes-de-chasse. Pour moi, je vous l'avoue, en pareille circonstance, songeant à tout cela, considérant mûrement, rappelant à ma mémoire ce que j'ai vu dans mon jeune âge, et qu'on parle de rétablir, je fais des vœux pour la bande noire qui, selon moi, vaut bien la bande blanche, servant l'État et le roi. Je prie Dieu qu'elle achète Chambord.

En effet, qu'elle l'achète six millions ; c'est le moins à cinq cents francs l'arpent : tel arpent de la futaie vaut dix fois plus ; que le tout soit revendu à huit millions à trois ou quatre mille familles ; comme nous avons vu dépécer tant de terres ici et ailleurs, je trouve à cela beaucoup et de grands avantages pour le public et pour un nombre infini de particuliers. Premièrement, acheteurs et vendeurs s'enrichissent, travaillent, cultivent au profit de tous et de chacun. L'Etat, le trésor ou le roi, ou enfin qui vous voudrez, reçoit, tant en impôts que droits de mutation, la valeur du fonds en vingt ans : huit millions, c'est par an quatre cent mille francs qu'on diminuera du budget, quand le budget se pourra diminuer ; nous, voisins de Chambord, nous y gagnerons sur tous. Plus de gibier qui détruise nos blés, plus de gardes qui nous tourmentent, plus de valetaille près de nous, fainéante, corrompue, corruptrice, insolente ; au lieu de tout cela, une colonie heureuse, active, laborieuse, dont l'exemple autant que les travaux nous profiteront pour bien vivre ; colonie qui ne coûte rien, ni transport, ni expédition, ni flotte, ni garnison ; point de frais d'état-major ni de gouvernement ; point de permission ni de protection à obtenir de l'Angleterre ; c'est autre chose que le Sénégal. Et de fait, remarquez, me dit-il, que l'on envoie ici des missionnaires chez nous, et en Afrique des gens qui ont besoin de terre ; double erreur : en Afrique, il faut des missionnaires ; en France, des colonies. Là doivent aller ces bons pères, où ils auront à convertir païens, musulmans, idolâtres ; ici doivent rester les colons, où il y a tant à défricher et où les domaines de la Couronne sont encore tels que les trouva le roi Pharamond.

Cette pensée me plut ; mais les gens de Chambord, comme vous voyez, ont peu d'envie de faire partie d'un apanage, croyant peut-être qu'il vaut mieux être à soi qu'au meilleur des princes, à part l'intérêt que chacun peut y avoir personnellement ; car il n'en est pas un, je crois, qui n'achetât plus volontiers pour lui-même un morceau de Chambord que le tout pour les courtisans ; ils aiment mieux d'ailleurs pour voisins de bons paysans comme eux, laboureurs, petits propriétaires, qu'un grand, un protecteur, un prince ; et, en tant qu'il nous touche, je suis de cet avis. Je prie Dieu pour la bande-noire, qui d'elle-même doit avoir Dieu favorable, car elle aide à l'accomplissement de sa parole. Dieu dit : Croissez, multipliez, remplissez la terre, c'est-à-dire, cultivez-la bien ; car, sans cela, comment peupler ? et la partager ; sans cela, comment cultiver ? Or, c'est à faire ce partage d'accord, amiablement, sans noise, que s'emploie ladite bande noire, bonne œuvre et sainte, s'il en est.

Mais il y a des gens qui l'entendent autrement. La terre, selon eux, n'est pas pour tous, et surtout elle n'est pas pour les cultivateurs, appartenant de Droit divin à ceux qui ne la voient jamais et demeurent à la cour. Ne vous y trompez pas : le monde fut fait pour les nobles. La part qu'on nous en laisse est pure concession, émanée de lieu haut, et partout révocable. La petite propriété, octroyée seulement, comme telle peut-être suspendue et le sera bientôt, car nous en abusons, ainsi que de la charte. D'ailleurs, et c'est le point, la grande propriété est la seule qui produise. On ne recueillera plus, on va mourir de faim, si la terre se partage, et que chacun en ait ce qu'il peut labourer. Au laboureur ainsi cultivant pour lui seul, sans ferme ni censive, la terre ne rend rien. Il la paie bien cher ; il achète l'arpent huit ou dix fois plus cher que le gros éligible qui place à deux et demi ; c'est qu'il n'en tire rien, si tant est qu'il laboure, le petit propriétaire ; la bêche, l'ignoble bêche, disent nos députés, déshonore le sol, bonne tout au plus à nourrir une famille, et quelle famille ! en blouse, en guêtres, en sabots. Le pis, c'est que la terre morcelée, une fois dans les mains de la gent corvéable, n'en sort plus. Le paysan achète du monsieur, non celui-ci de l'autre, qui, ayant payé cher, vendrait plus cher encore. L'honnête homme, bloqué chez lui par la petite propriété, ne peut acquérir aux environs, s'étendre, s'arrondir (il en coûterait trop). ni le château ravoir les champs qu'il a perdus. La grande propriété, une fois décomposée, ne se recompose plus.

Un fief, une abbaye sont malaisés à refaire, et comme chaque jour les gens les mieux pensants, les plus mortels ennemis de la petite propriété, vendent pourtant leurs terres, alléchés par le prix, à l'arpent, à la perche, et en font les plus petits morceaux qu'ils peuvent, la bêche gagne du terrain, la rustique famille bâtit et s'établit sans aller pour cela en Amérique, aux Indes ; les grandes terres disparaissent, et le capitaliste. las d'espérer, de craindre ou la hausse ou la baisse, ne

sait comment placer. Il y aurait un moyen de se faire
un domaine sans acheter en détail : ce serait de défricher. Mais diantre, il ne faut pas, et les lois s'y op-
posent, afin de conserver ; on en viendra là, cependant, si le morcellement continue : les landes, les
bruyères périront. Quelle pitié ! quel dommage ! O vous,
législateurs nommés par les Préfets, prévenez ce mal-
heur, faites des lois, empêchez que tout le monde ne
vive ! Otez la terre au laboureur et le travail à l'artisan,
par de bons priviléges, de bonnes corporations ; hâtez-
vous, l'industrie, aux champs comme à la ville, envahit
tout, chasse partout l'antique et noble barbarie ; on vous
le dit, on vous le crie : que tardez-vous encore ? Qui
peut vous retenir ? Peuple, patrie, honneur ? lorsque
vous voyez là emplois, argent, cordons, et le baron
de Frimont.

Brest, Imprimerie J.-P. GADREAU, rue de la Rampe, 55.

www.ingramcontent.com/pod-product-compliance
Lightning Source LLC
Chambersburg PA
CBHW070912200626
46818CB00006BA/2495